바람의 환승역

바람의 환승역

2025년 2월 28일 초판 1쇄 인쇄
2025년 3월 12일 초판 1쇄 발행

지은이 | 신미경
펴낸이 | 孫貞順

펴낸곳 | 도서출판 작가
(03756) 서울 서대문구 북아현로6길 50
전화 | 02)365-8111~2 팩스 | 02)365-8110
이메일 | cultura@cultura.co.kr
홈페이지 | www.cultura.co.kr
등록번호 | 제13-630호(2000. 2. 9.)

편집 | 손희 김치성 설재원
디자인 | 오경은 이동흥
마케팅 | 박영민
관리 | 이용승

ISBN 979-11-94366-58-4 03810

값 15,000원

한국디카시 대표시선

25

신미경 디카시집

바람의 환승역

작가

바람이 불어오면
처마 끝 풍경처럼
흔들리며 소리를 내었다.

음의 진원지를 찾아 나선 길 위에서
자주 황폐했고 휘청였지만
기를 쓰던 고백들은 조금씩 둥글어져 갔다.

그 오랜 걸음을 수줍은 첫 언어로 묶는다.

문 앞엔 까마득히 먼 길
바람이 방향을 바꾸어 불어온다.

2025년 2월
신미경

―
차
례
―

시인의 말

제1부 꽃의 이유

꽃의 이유 · 14

투명한 흉터 · 16

늪 · 18

화두 · 20

뮤즈 · 22

슬픈 날개 · 24

목련종 · 26

바람의 환승역 · 28

탑 · 30

구름종雲磬 · 32

한 생각 · 34

눈부신 순간 · 36

길을 쓰다 · 38

종점에 서다 · 40

화족花足 화가 · 42

제2부 낙화 소나타

술요일·46

바람의 역할·48

낙화 소나타·50

증인·52

봄을 쓸다·54

마이족馬耳族·56

툭·58

2월의 나비·60

천마와 노닐다·62

시간의 파편·64

골다공증·66

높은음자리·68

세레나데·70

별의 내력·72

몸살·74

제3부 인연의 강

생의 노래·78

그리움의 얼굴·80

인연의 강·82

사랑은 처음이라·84

쓸쓸한 공전·86

외사랑·88

기억의 물결·90

마음의 크기·92

씨앗의 은유·94

엄마·96

시간의 벽·98

여정·100

스케줄·102

추석달·104

풍장·106

제4부 천국의 계단

박제된 시간·110

시간의 조각·112

눈물·114

난산難産·116

구름을 쏘다·118

키 포인트·120

사라진 길·122

정차·124

천국의 계단·126

코리안 드림·128

하늘계단·130

여고 동창회·132

숯·134

가슴을 쏠다·136

엔딩 크레딧·138

해설 정동하는 몸들의 아름다움_오민석·140

제1부

꽃의 이유

꽃의 이유

내 노래가 그대에게 닿지 못해도
꽃으로 피리라

무언가를 관통하는 건
심장이 뛰는 일

투명한 흉터

야생의 뾰족한 저항이
둥글어지기도 전
서로를 파먹으며 녹슬어 간

청춘은 청춘을 빠져나가고
못은 못을 견디네

늪

저 아래 묻혀있던 어둠이
꿈틀 날갯짓을 시작한다

의심이 화려한 눈을 뜨자
서서히 퍼져가는 냉담

화두

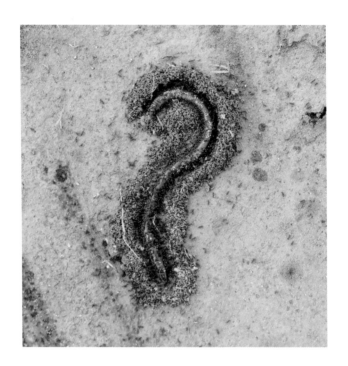

끝내 풀지 못한
마지막 격전지에서

죽음이 삶을 삶이 죽음을 끄는
스스로 답이 되다

뮤즈

어둠을 더듬던 어느 구석
가슴을 뚫는 빛줄기

내가 켜지는 순간

슬픈 날개

2미터의 야성은 느리고 권태롭다

나를 길들인 것이
나인가 너인가

목련종

붓끝 무디어
소리 한번 질러보지 못했다
폭죽 터지듯 피워보지 못했다

중심 없이 안으로 드는 멍에 기대
기다린다 시간의 만개

바람의 환승역

저 속에 무엇이 들어 이리 흔드는가

짙고 옅음이 빽빽하고 성김이
서로의 몸을 갈아타는

치열했기에 덧없음을 안다

탑

태양에 닿으려
누군가를 발아래 둔 적은 없었던가

내가 꿈꾼 세상은 무엇이었나

구름종雲磬

뼛속까지 스며
헝클어진 나를 고르던 바람종이

구름 속에 들어 제 몸을 채우더니
어느 골로 흘러가고 있는지

문득 나도 휘발 중이다

한 생각

물이 산만하다

그의 고요를 기다리는 동안
오래 일렁여 온 내가 맑아진다

눈부신 순간

너를 만나 날개를 달았다

시간의 마주침이 만드는 공간
공간의 간섭이 만드는 시간

기적이 오는 길이다

길을 쓰다

지난봄이 눈부셨던 이유

발끝으로 내는 길
숨이 차올라도 멈출 수 없다
다음 봄을 데려와야 하니

종점에 서다

놓아야 할지 잡아야 할지

여물지 못한 것의 끝이
먼 먼 몸의 언어로 저물어간다

화족花足 화가

레게머리 소녀였을까

바람과 빛의 언어로 담아내다
몸으로 그린
그리움 하나

제2부

낙화 소나타

술요일

술 한 잔이면 겨울에도 꽃이 핀다 했지

홀짝홀짝 마시다
한꺼번에
봄이 와버렸네

바람의 역할

꽃 피울 때
숨죽여 주었듯

이젠
네 부드러운 입김이 필요해

낙화 소나타

절정 이후를 맡겨도 좋겠다

증인

어쩌다 봐버렸다

아픈 자리마다
꽃눈과 잎눈을 점지하는 나무의
은밀한 은하 좌표

봄을 쓸다

꼭 쓸어야 한다면
너 그리워 흘린 연분홍 눈물을 쓸겠네

온전히 지워 다음 봄이 새봄이 되도록

마이족馬耳族

속을 잃고도 힘껏
젖은 귀 키워
경배의 집을 세웠구나

툭

봉인된 어느 행성의 문을 여는
떨리는 발걸음

2월의 나비

몸 한 장씩 펼쳐도
오지 않더니

때맞춘 그대 입맞춤이
온전한 봄을 여네

천마와 노닐다

천 년, 흘러온 시간에 올라타
연기인 듯 바람인 듯 풀어졌지

우거지던 꿈의 찰나는 흩어져

몸의 감옥을 맴돈다

시간의 파편

옹이진 아픔들 어디로 다 빠져나갔는지
기억의 못엔 봄날만 가득하구나

골다공증

생이 구멍투성이다
걸핏하면 발이 빠진다

뼛속에서 빠져나간 것들로
외로움이 들러붙고
고관절 무너진 바람 소리를 낸다

높은음자리

손 뻗어 만질 것이 빈 하늘뿐일 때
나를 세워 나를 딛는
멈출 수 없는 멜로디

세레나데

욕심이라곤 하늘과 바람과 새뿐이던 이여
어디쯤에서 닿지 못한 마음을 서성이는가

말라가는 몸속에서 퍼 올린
절대 지지 않을 노래 부르는가

별의 내력

긴 어둠과 숱한 파도
떠나온 그리움과 찢긴 기억들

몸속 물기 다 마르면
밤을 걷는 가슴에 박힐
빛을 얻게 될 거야

몸살

봄물 퍼 올릴 때까지 식지 않는 몸

더는 마른 눈물 삼키지 말라고
하늘 한 채 지어주는
아침의 처방전

제3부

인연의 강

생의 노래

움켜쥐든 꽉 물든
안간힘으로 버티는 허기의 외줄

그리움의 얼굴

나는 출렁이고 너는 단호해서
슬픔이 생겨났다

지우고 뭉갠 덩어리 하나
목구멍을 역류한다

인연의 강

이제야 바람을 어루만지는 법을

허공을 꽃피우는 법을 터득 중이다

사랑은 처음이라

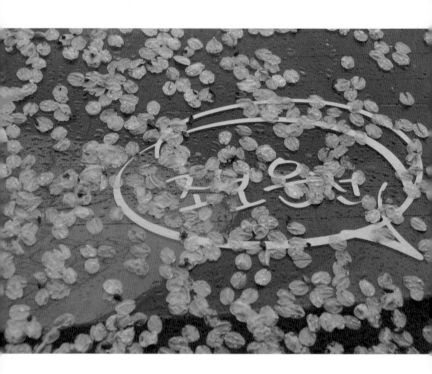

빗속이든 구름 속이든
너만 보고 내달리다 날아든
속도위반 딱지들

쓸쓸한 공전

다시 꺼내 입는 옷

그리운 이는 자취 없고
기억은 구석에서 피고 질뿐

외사랑

노래할수록 자라고
침묵할수록 사무친

기억의 물결

꽃의 시절을 지나온 여자는
맨발의 외로움이다

발이 뜨거워져도 돌아보지 않는다

마음의 크기

춥건 덥건 젖건 마르건
걸친 것 없는 맨몸인데

널 위해 백일은 꽃피운다는데
뭐가 못 미더워 재고 또 재고

씨앗의 은유

대관람차가 펼치는 생의 파노라마

엄마

일평생 너를
눈에 담고 살았는데

이젠
아무리 초점을 맞추어도
흐릿하구나

시간의 벽

두들기며 가벼워진 생의 가락이

꼬투리 채 튀어 올라

세월의 이랑 휘돌아 흘러가는 뒤안길

여정

태양 삼킨 격정의 때엔 파도도 높았지
초원에 발을 씻는 지금은 산들바람이다

스케줄

― 들깨털기 ― 메주콩삶기 ― 고추장담그기 ―

― 노래교실 ― 댄스대회 ― 수영반 ―

엄마밥도 예약이 필요하다

추석달

홀로 떠돌던 어둠을 물리며
둘러앉은 꽉 찬 웃음

풍장

몸의 고통과 평생의 짐
질긴 인연의 가닥마저 내려놓고

차안과 피안 사이
향긋한 바람이 되었으리

당신

제4부

천국의 계단

박제된 시간

웃어도 울어도
배어 나오는 것을
눈물이라 부르지 않는다

닦아도 지워도 끝없이 자라는 것을
그리움이라 말하지 않는다

시간의 조각

알츠하이머 파편들이
시간을 거슬러 퍼즐을 맞춘다

꿈과 추억 사이
후사경과 벽 사이
젊음과 회한이 넘나든다

눈물

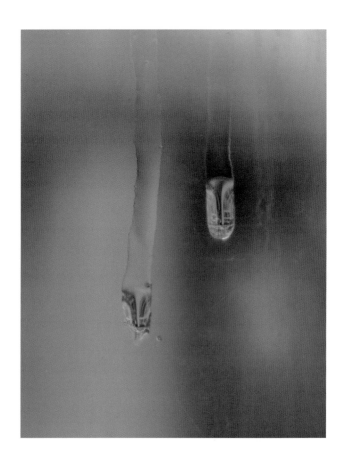

그를 이탈한 문장이
선명하게 그를 읽어내린다

난산難産

숱한 실패 십 년 만에
냉동 배아로 얻었다는 눈부신 우주

사십 년 얼린 꿈도 들끓기 시작한다

구름을 쏘다

아저씨요, 고 아래 매매 쳐주소
자주 좀 오지 않고

하기는 약 칠 때가 여 뿐이겠나
웬 날파리 기생충은 그리 많은지

키 포인트

세상을 여닫는 열쇠는 결국
사람人이라고

누군가의 작은 한 걸음이라고

사라진 길

매번 맞지 않은 열쇠로도
가슴 떨며 꽂아보던 때가 있었다

정차

부속은 낡고 연료는 부족하나
엔진을 끌 수는 없다

꿈의 저장고에서 거침없이 달리다 보면
고쳐 쓸 수는 없어도
기적을 믿게 될 거야

천국의 계단

가슴의 쇠말뚝은
내세의 약속이 통하지 않는다

숫돌에 제 몸을 갈아 얻은 자유, 그리고
하늘의 눈물 한 방울

코리안 드림

선박 두드리는 망치 소리
퀴퀴한 냄새와 위태한 이국의 얼굴들

먼 나라 바닥에서 쇠꽃이 핀다

하늘계단

몸에선 강물이 출렁였고
머리엔 구름이 떠돌았다

내 속에 묻은 이가
걸어 도착한 레테의 저편

여고 동창회

사람마다 다른 보폭을
애써 재는 이가 없다

모두들 굽이굽이 쉽지 않았던 게야

숲

꼭짓점으로 달려가던 몰입은
다 타고 바스러져서야 잠시 멈춘다

불씨는 땅에서 다시 몸으로 흘러
그렇게 천 년을 쌓는다

가슴을 쓸다

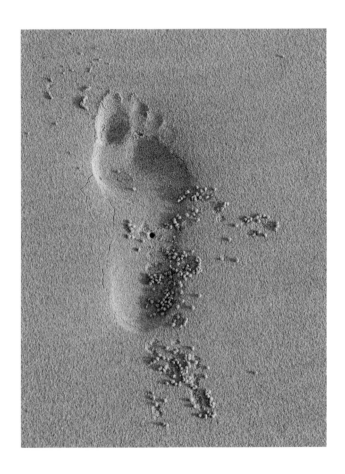

내가
무심코 밟고 지나간 이여

굳건히 살아주어 고맙다

엔딩 크레딧

손끝에 남은 힘은 기억과 예감

지루하고 치열했던 몸부림의
껍데기
그 허물조차 아름답기를

정동하는 몸들의 아름다움

– 신미경 디카시집 『바람의 환승역』 읽기

오민석(문학평론가·단국대 명예교수)

디카시, 두 몸의 충돌

시드니 대학의 젠더 및 문화 연구자인 엘스페스 프로빈 Elspeth Probyn은 「수치의 글쓰기Writing Shame」이라는 에세이에서 "글쓰기는 육신적 활동이다. 우리는 온몸을 훑어 아이디어를 만들어낸다."고 말한다. 이런 점에서 글쓰기는 죽은 관념을 더듬는 장례사의 작업이 아니다. 글쓰기는 그 자체 명백히 넘쳐흐르는 정동情動[affect]의 표출이며 내장으로부터 올라오는 소리의 울림이다. 글쓰기는 하나의 몸이 다른 몸을 만나는 접점에서 일어난다. 그러므로 경계야말로 몸이 정동하는 공간이다. 들뢰즈G. Deleuze의 말마따나 "몸은 다른 몸에 정동하거나 다른 몸들에 의해 정동된다. 또 몸은 한 몸을 그

것의 개별성으로 규정하는, 이러한 정동하고 정동되는 능력이다."

디카시엔 두 개의 몸이 있다. 하나는 사진 기호의 몸이고 다른 하나는 문자 기호의 몸이다. 디카시는 이 두 개의 몸이 정동하고 정동 당하는 공간에서 탄생한다. 디카시는 두 개의 죽은 물건이 아니라 두 개의 몸이 만나는 지점에서 생겨난다. 좋은 디카시의 사진은 문자 기호의 심장을 뛰게 하고, 훌륭한 디카시의 문자 기호는 정지된 사진의 피를 흐르게 한다. 두 몸이 이렇게 서로를 정동할 때, 죽은 나무에서 꽃이 피고 멈춰 선 상여가 움직인다.

꼭 쓸어야 한다면
너 그리워 흘린 연분홍 눈물을 쓸겠네

온전히 지워 다음 봄이 새봄이 되도록

–「봄을 쓸다」

시인은 사진 속의 떨어진 꽃잎들을 "너 그리워 흘린 연분홍 눈물"이라 부른다. 죽은 사물을 이렇게 몸속에 각인된 슬픔으로 건드릴 때 사물은 정동되고, 멈춰 있던 영사기가 다시 돌아가듯 살아 움직이기 시작한다. 신미경의 디카시는 이렇게 정지된 사진(스틸 컷)을 움직이는 영상(동영상)으로 바꿔 놓는 독특한 기술을 보여준다. "온전히 지워 다음 봄이 새봄이 되도록" 봄을 쓸겠다는 문장은 마치 강력한 프로펠러처럼 꽃잎들을 더욱 활발한 가속 운동의 공간으로 내몬다.

나는 출렁이고 너는 단호해서
슬픔이 생겨났다

지우고 뭉갠 덩어리 하나
목구멍을 역류한다

　－「그리움의 얼굴」

　출렁이는 "나"와 단호한 "너"는 사장된 물건이 아니라 살아
있는 두 개의 몸이다. 이들이 살아 있지 않다면 부딪힌다고
정동이 발생하지 않는다. '나'는 출렁이는 정동을, '너'는 단호
한 정동을 가지고 있다. 이렇게 움직이는 두 개의 '몸'이 부딪
힐 때 그 접선tangent에서 정동의 새로운 "덩어리"가 생겨난다.
"슬픔"은 이렇게 생겨난 새로운 강도의 정동이다. 정동은 단
한 순간도 멈춰 있지 않고 계속 움직인다. 그것은 속도와 방
향을 가진 감성이며 움직이는 몸의 신호이다. "지우고 뭉갠"
덩어리엔 내장의 깊은 고통이 고여 있다. 두 개의 몸이 부딪
힐 때, 그 슬픔이 "목구멍을 역류한다". 제목(「그리움의 얼굴」)
처럼 화자는 그렇게 지워지고 뭉개진 "덩어리 하나"를 뼈아프
게 그리워하고 있다. 화자의 "그리움" 속에, 단단한 구조물과
계속 부딪히는 파도 소리가 울려 퍼진다. 그리움도 움직인다.
멈춰 있는 몸은 없다.

몸의 기억, 혹은 확장된 시간

　신미경 시인은 죽은 표피를 건드리지 않는다. 그녀는 마른 표피 아래에서 늘 생성하고 변화하는 몸의 움직임을 주목한다. 그녀의 시선은 잔잔한 수면 아래의 거대한 물살처럼, 말라붙은 표피 밑에서 움직이는 욕망과 감성의 덩어리들을 놓치지 않는다. 같은 강물에 두 번 몸을 담글 수 없는 것처럼, 신미경에게 새롭지 않은 정동이란 없다. 정동은 움직이는 정서이며 끊임없이 생성하는 욕망의 벡터이다. 그녀는 죽음을 가장한 세계를 휘저어 깨운다. 엘리엇T. S. Eliot의 "4월"처럼 신미경은 "추억과 욕망을 뒤섞고, 잠든 뿌리를 봄비로 깨운다." 그녀에게 몸은 정동의 기억이 저장되는 장소이고 다른 정동을 만나 주름을 만드는 공간이며 계속해서 새로운 정동으로 변화하는 공간이다. 그러므로 신미경에게 기억은 정지된 시간이 아니라, 확장된, 확장하고 있는 시간이다.

꽃의 시절을 지나온 여자는
맨발의 외로움이다

발이 뜨거워져도 돌아보지 않는다

－「기억의 물결」

　정동에 대한 신미경의 민감한 자의식은 제목에서도 드러난다. 그녀에게 기억은 정지된 것이 아니라 살아 움직이는

"물결"이다. 그녀는 정지된 사물과 정지된 인간과 정지된 세계가 존재하지 않는다는 사실을 누구보다도 잘 안다. 그녀는 예술이 정지된 것처럼 보이는 대상을 깨워 흔드는 일임을 안다. '낯설게하기'란 예술의 본원적인 기능은 바로 죽은 듯 잠자고 있는 세계를 흔들어 깨워 움직이게 하는 것이다. 사진 속의 여성을 "꽃의 시절을 지나온 여자"라고 호명하는 순간 그녀는 인형이 아니라 움직이는 사람이 되고 움직이는 기억이 된다. 그녀는 한 때 누구보다도 아름다운 '사랑의 시간'을 보냈으며 지금은 "맨발의 외로움"이 되었다. 그녀에게 '꽃의 시절'은 사라져 죽은 시간이 아니라 새로운 시간을 만드는 문턱이다. 그녀는 비록 맨발의 외로운 신세이지만, 이미 '꽃의 시절'을 경험하였으므로 현재 그 시절을 보내는 연인들에게 관심이 없다. 어느 시간이든 영원히 정지된 시간이란 없으며, 하나의 시절은 다른 시간의 주름을 만든다. 맨발의 외로운 시간 또한 그대로 있는 것이 아니라 펼쳐져 또 다른 시간의 주름이 된다. "발이 뜨거워져도" 그녀가 꽃의 시간을 뒤돌아보지 않는 이유가 바로 이것이다.

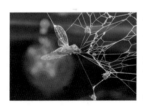

몸의 고통과 평생의 짐
질긴 인연의 가닥마저 내려놓고

차안과 피안 사이
향긋한 바람이 되었으리

당신

―「풍장」

거미줄에 걸린 매미의 사체는 그 자체 멈추어진 시간의 화석처럼 보인다. 그러나 시인은 그것에 살아있는 시간을 환기한다. 죽은 매미는 그 자체 부재가 아니라 "몸의 고통과 평생의 짐/ 질긴 인연의 가닥"이 새겨진 몸이다. 거미줄엔 매미만이 아니라 아직 연분홍으로 살아 있는 꽃도 걸려 있다. 죽음의 줄에 칭칭 감긴 매미의 몸도 아직 생명의 초록을 그대로 가지고 있다. 꽃의 유혹에 끌려 들어온 벌도 한 마리 걸려 있다. 그러므로 거미줄은 죽음 자체가 아니라 죽음에 이르도록 펄펄 끓던 약동의 시간을 포획하고 있다. 정지된 사진은 정동을 건드리는 문자 기호와 함께 죽음의 줄에 걸려 파닥이는 뭇 생명의 떨리는 몸짓을 보여준다. 앞에서 신미경의 디카시 사진이 스틸 컷이 아니라 동영상으로 느껴진다고 말한 이유가 바로 이것이다. 신미경의 디카시는 이렇게 죽음과 생으로, 차안과 피안으로 이어지는 확장된 시간을 보내준다. "당신"은 그런 시간이 멈추지 않고 흐르는 자리이다. "풍장"이라는 제목도 정지하지 않고 계속 움직이며 변화하고 흐르는 죽음 혹은 새로운 생성의 시간을 암시한다.

웃어도 울어도
배어 나오는 것을
눈물이라 부르지 않는다

닦아도 지워도 끝없이 자라는 것을
그리움이라 말하지 않는다

—「박제된 시간」

이 작품은 이중의 부정을 통해 강력한 긍정을 유도한다. "박제된 시간"이라는 제목의 의미는 본문에 의해 즉각 부정된다. 눈물은 웃어도 울어도 배어 나오고, 그리움은 닦아도 지워도 끝없이 자란다. 눈물과 그리움의 시간은 박제된 시간이 아니라 정동의 시간이다. 그것들은 박제가 되기는커녕 계속 움직인다. 사진의 표면은 어떤 식으로 박제하려 해도 계속 배어 나오는 눈물을, 사진의 배경은 어떤 식으로 정지시키려해도 끝없이 자라는 그리움을 은유한다. '박제된 시간'은 그런 눈물을 눈물이라 부르지 않고, 그런 그리움을 그리움이라 말하지 않으려 하지만, 눈물과 그리움은 그 모든 억압의 기제들을 뚫고 배어 나오며 끝없이 자라난다. 결국 이 디카시가 말하고자 하는 것은 그 어느 경우에도 '박제된 시간'은 없다는 것이다. 시간은 눈물과 그리움의 주름 속에서 계속 접고 펴기를 반복하며 새로운 시간을 생성한다.

몸의 언어로 사진을 흔들기

신미경은 디카시를 쓰기 이전에 이미 10여 년 동안 사진 작업을 해왔다. 그래서인지 그녀의 디카시 사진들은 그 자체만으로도 이미 탁월한 경지에 도달해 있다. 문제는 디카시라는 장르가 사진 기호와 문자 기호의 결합으로 이루어져 있고, 이 둘의 화학반응에 그 성패가 달려 있다는 사실이다. 디카시는 사진이든 문자든 어느 한쪽의 '배타적 완결성'을 거부한다. 사진이 훌륭해서 나쁠 것도 없지만, 사진의 배타적 완결성이 문자 기호를 압도해서 양자 사이의 화학반응을 끌어

내지 못한다면, 그것은 훌륭한 사진 작품이 될지언정 훌륭한 디카시는 되지 못한다. 그 역도 마찬가지이다. 디카시에서 시에 가깝거나 그 자체 이미 시의 경지에 오른 문자 기호 그 자체가 나쁠 것은 없다. 그러나 탁월한 문자 기호가 사진 기호를 압도해서 양자 사이의 화학적 반응을 불가능하게 하거나 약화한다면, 그것은 훌륭한 시일지언정 훌륭한 디카시는 아니다. 여기서 사진 예술 혹은 문자 시와 다른 디카시 고유의 독특한 장르적 특징이 드러난다. 처음 신미경의 디카시를 보는 독자들은 그녀의 탁월한 사진에 압도되어 순간적이지만 사진의 배타적 완결성이 문자 기호를 죽여버리는 것은 아닐까, 염려 아닌 염려를 할 수 있다. 그러나 신미경의 디카시는 탁월한 사진 실력에 못지않은 언술 실력으로 사진의 배타적 완결성을 잠재운다. 그녀의 문자는 사진을 흔들어 깨우고, 자칫 화석화될 수도 있을 사진에 정동의 입김을 깊이 불어 넣으며, 그렇게 깨어난 사진은 다시 문자 기호와 어울리면서 살아 있는 감성을 생생하게 소환한다. 그녀의 디카시에서 사진과 문자는 이렇게 서로를 살리며 오로지 디카시만이 도달할 수 있는 독특한 미적 공간을 생산한다.

어둠을 더듬던 어느 구석
가슴을 뚫는 빛줄기

내가 켜지는 순간

–「뮤즈」

제목에서 드러나다시피 이 작품은 신미경 시인의 디카시 창작 현장을 그리고 있다고 보아도 된다. 쏟아지는 빛에 노출된 붉은색 열매들은 전등처럼 환하게 어둠을 밝힌다. 시인에게 문학은 "어둠을 더듬"는 촉수 같은 것이다. 그것은 세상이 감추고 있는 어둠을 까발리고, 어둠과 싸우며, 끝내 어둠을 이긴다. 그러나 그것은 그 자체로 발화할 수 없다. 그것은 오로지 다른 몸과 만나는 순간에만 점화된다. 빛줄기가 빗줄기처럼 시인의 "가슴을 뚫"을 때, 시인의 몸이 점등된다. 점등된 몸은 뮤즈가 찾아든 공간이며 시인과 뮤즈 사이의 활발한 대화가 생성되는 자리이다. 달력 사진처럼 너무 말끔해서 오히려 화석화될 수 있는 이미지를 이렇게 문자 기호가 흔들어 깨울 때, 사진 속의 빛다발은 생생하게 살아 움직이고, 환하게 점등되는 붉은 열매들의 장면이 동영상처럼 펼쳐진다.

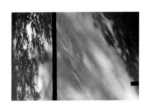

저 속에 무엇이 들어 이리 흔드는가

짙고 옅음이 빽빽하고 성김이
서로의 몸을 갈아타는

치열했기에 덧없음을 안다

　　－「바람의 환승역」

신미경의 디카시들은 몸과 몸이 만나는 지점에서 탄생한다. "짙고 옅음", "빽빽하고 성김"은 서로 다른 강밀도를 가진 몸들이다. "바람의 환승역"에선 몸들이 서로의 강밀도를 교환하며 "서로의 몸을 갈아"탄다. 몸이 다른 몸을 갈아탈 때

치열한 흔들림("저 속에 무엇이 들어 이리 흔드는가")이 발생한다. 사진은 몸들의 깊은 교차에서 일어난 바람이 나뭇가지에 남긴 그림자이다. 문자 기호가 이 사진을 흔들어 깨우지 않으면 사진은 죽은 고인돌처럼 누워 있을 뿐 아무 바람도 일어나지 않는다. 신미경의 문자 기호는 죽은 사변思辨이 아니라 살아 있는 내장의 목소리이다. 그녀의 디카시에서 몸의 목소리와 사진은 접점의 각도와 방향과 속도에 따라 매번 다른 움직임을 생성한다.

노래할수록 자라고
침묵할수록 사무친

－「외사랑」

이 작품이야말로 훌륭한 사진과 훌륭한 문자의 결합이 돋보인다. "외사랑"의 주체는 전선에 앉아 있는 새이다. 자세히 보면 사진 속의 새는 입을 벌려 노래하고 있다. 외사랑의 대상은 사진의 전면에 흐려진 접시꽃으로 형상화되어 있다. 그것은 새보다 훨씬 더 큰 몸을 가지고 있으며, 새가 사랑을 노래할수록 점점 더 커진다("노래할수록 자라고"). 그럴수록 새는 상대적으로 더 작아질 것이며, 새의 사랑은 실현 가능성을 점점 더 잃게 될 것이다. 그렇다고 해서 새가 침묵하면, 꽃은 더 "사무친" 대상이 된다. 단호하고 선명한 새의 모습에 비해 흐려져 정체가 불분명한 꽃의 모습은 외사랑의 새가 접근하기 어려운 사랑의 대상을 정확히 은유하고 있다. 새에게는 꽃으로 가는 모든 길이 막혀 있다. 꽃은 새가 노래할수록 접근할 수 없이 점점 더 커지고, 침묵할수록 흐려져 새의 가슴을 사무치게 만든다. 새는 출구 없는 아포리아aporia의 주름에 갇혀 운다. 이 작품은 사진과 문자 기호가 낭비 없는 화학 반응을 일으킴으로써 사랑의 뼈아픈 정동을 정확히 건드리는 데 성공하고 있다.

디카시가 사진과 문자라는 두 몸의 결합이기 때문에 이 결속과 관련된 오해들이 많이 생겨난다. 어떤 이들은 디카시에서 사진이 중요하고 사진을 잘 찍으면 시작부터 반은 먹고 들어간다는 생각 때문에 멋진 사진을 촬영하는 기술의 습득에 주력한다. 어떤 사람들은 디카시의 문자가 그 자체 시의 경지에 올라야 한다고 생각해 시 창작 기술의 연마에 힘쓴다. 그러나 디카시는 사진이나 문자 어느 쪽의 배타적 완결성만으론 결코 도달할 수 없는 미적 영역을 가지고 있다. 막말로 어느 한쪽이 너무 잘나 다른 한쪽을 압도해 버려서 두 몸의 섞임과 침윤이 제대로 일어나지 않으면, 디카시로서는 실패이다. 디카시의 사진과 문자는 그 자체만 따로 떼어내서 볼 때 굳이 예술 사진이나 시가 아니어도 크게 문제가 되지 않는다. 문제는 사진과 문자라는 두 몸의 아름다운 결합이며, 그 결합을 통한 미적 전압의 상승이다. 여기에 디카시 장르 고유의 창의적인 미학이 존재한다. 신미경의 디카시들은 오래 연마

한 사진 기술과 그에 버금가는 언어의 연금술이 만나 절실하고도 행복한 미의 영역을 생산한다. 좋은 디카시의 훌륭한 모델이므로 디카시를 사랑하는 많은 분들이 읽고 디카시의 새로운 출구를 발견하는 데 도움을 얻으면 좋겠다.